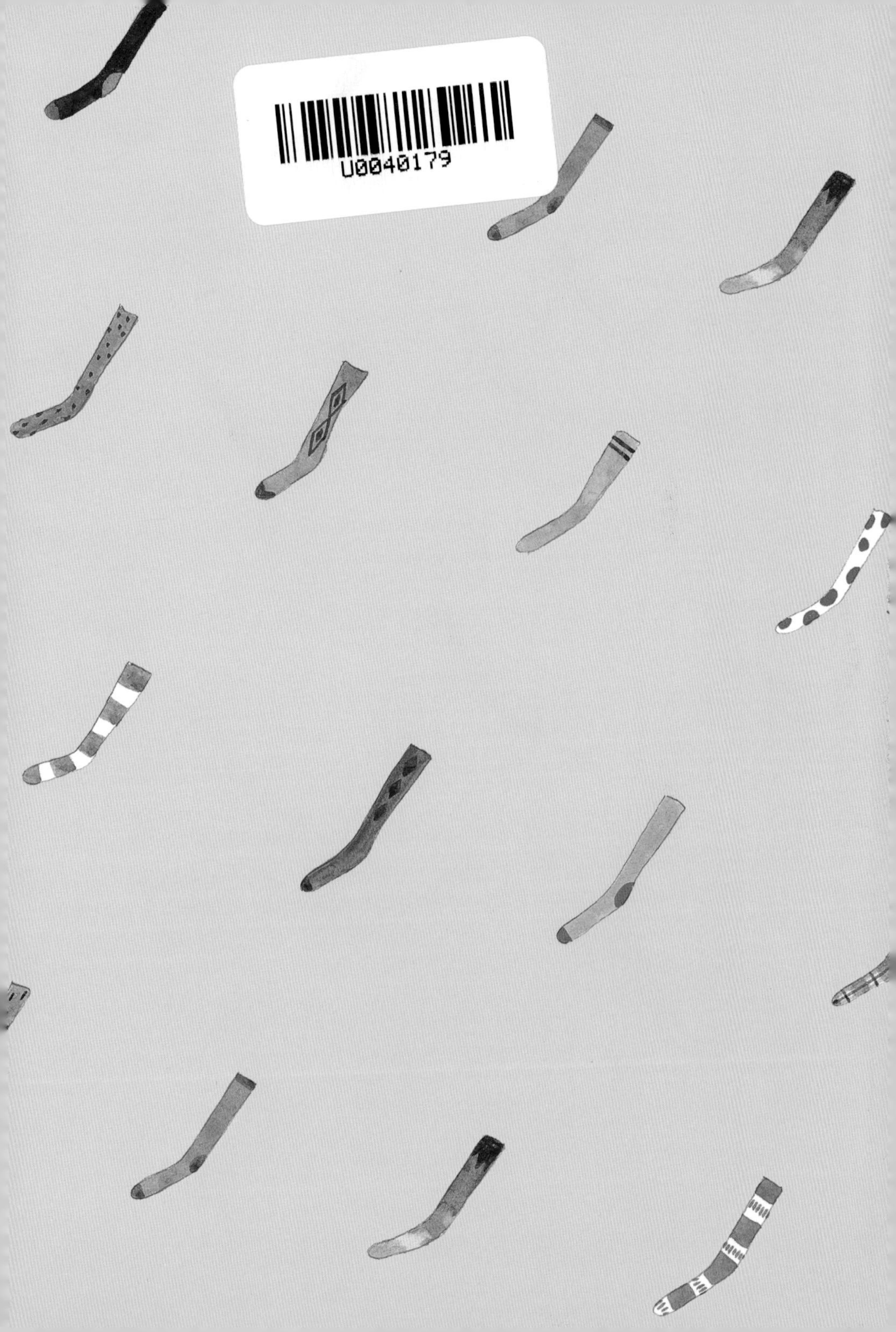

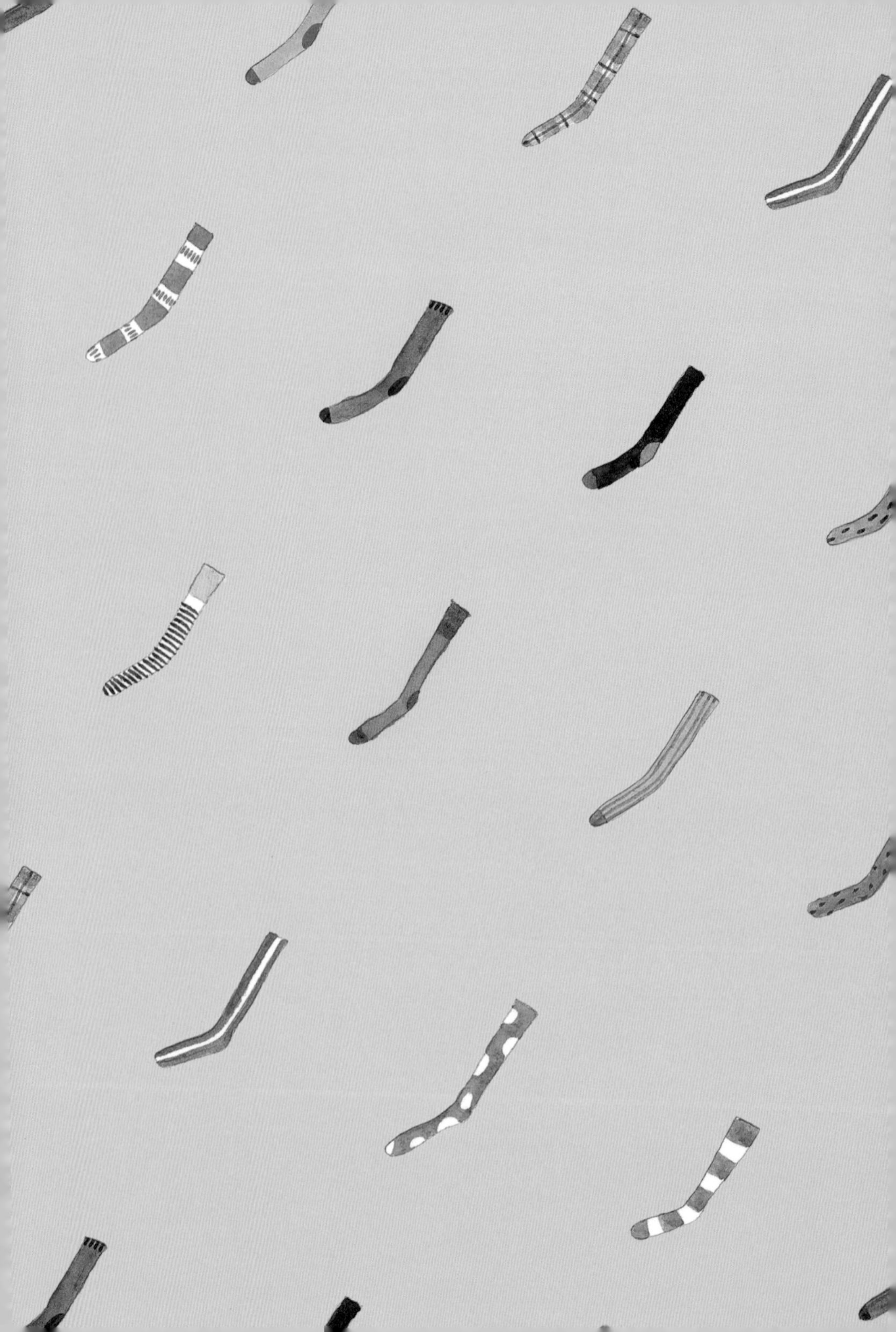

罐頭

李維菁／Soupy Tang

pickle!

一個人住，不會做菜，
其實，可能是怎樣也不肯學會做菜。

我的藝術家朋友說，
有藝術天分的人在烹調上面也會有天分的，
因為那是個有趣的遊戲，她希望我也學一點。

我站在廚房門外看她熬湯動鑊，
切切拌拌，搖頭晃腦，但我不肯回話。

她多準備了許多菜，放進保鮮盒，
等下的聚會結束後，好讓我帶回家。

半夜我將她送我的食物，一盒一盒放進冷凍庫排好，
從週一到週日，一天一盒。

抱膝望著空蕩蕩的冰箱，冷氣撲上臉，
旁邊有過期的餅乾。

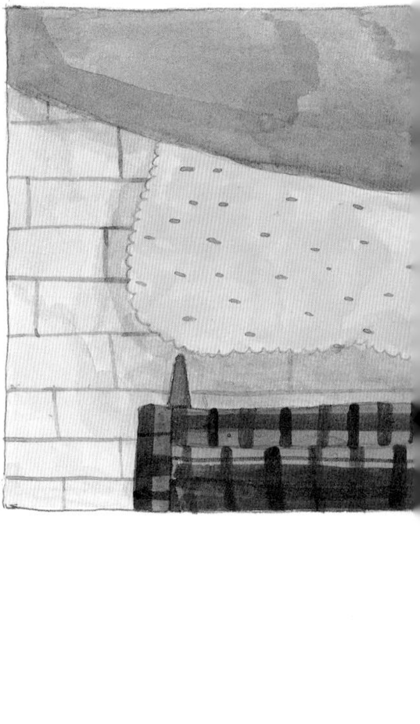

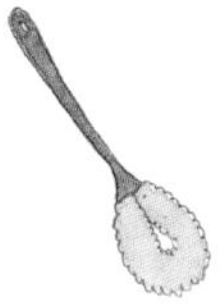

是一個人吃飯的興致不高嗎？

害怕一個人捧著碗，
食物愈精緻面對空蕩蕩的小公寓愈孤單？

討厭煮飯之後例行的刷洗廚具整理工作，
不燒飯就不會弄髒？

現在的我想起過往，逐漸警覺，
或者，只是不喜歡自己，
所以始終不願意把款待自己、滋養自己當一回事，
粗糙地吃。

幻想未來的美景而粗糙地活現在，
彷彿自己只值得如此程度。

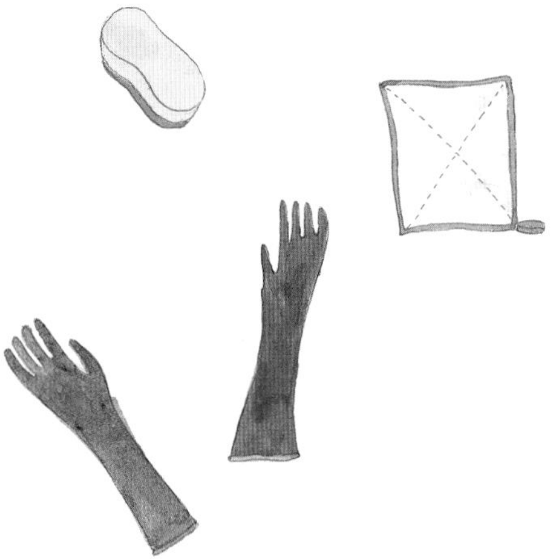

像我這樣生活在大都會的寫作者，
生活和大都會中成千上萬討生活的上班族小民其實也差不多。
工作到了點，出門吃個午餐，回來繼續。

我也羨慕那些四處旅行寫美食評論的作者，
但我不是那類型。

又因為太懶惰，
就算有時候想去餐廳正式地好好吃頓飯，
卻因抗拒出門，反而在沙發前的地板躺著不動，
寧願和自己的飢餓感作戰。

出門比飢餓更可怕。

想到要換衣坐車還要訂位，

飢餓就不算什麼，繼續躺著不動。

CHAT

我每天習慣的，
還是蓬著亂髮，穿夾腳拖下樓，
去旁邊的便利超商買零食飯糰與炸雞球。

我覺得便利超商是單身女性的好朋友。
可以免於餓死，可以繳水電寄快遞列印還可以叫計程車，
像我這樣的生活白癡十分感激。

每天早上我下樓買咖啡，
儘管許多朋友抱怨那裡的咖啡品質不好，
但我喜歡端著那淡淡的咖啡熱熱喝下肚，
看眼前匆忙的上班族買早餐趕路。

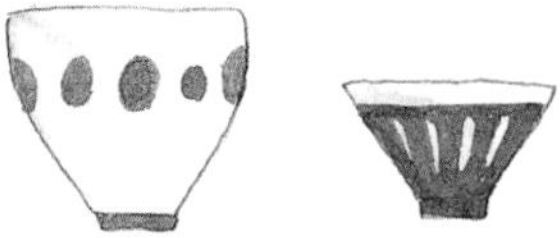

我好像因此吸收了人氣，能開始一天的生活，
這讓總是獨自在家寫作的自己，
還有一點與都市人群律動產生聯結的感受。

PURE
PURE

因為每天都去，
和便利超商的早班晚班人員都混得熟。

只要我踏進門，
他們就問要拿鐵還是美式，
不忙的時候還會加上一句：
「今天化了妝，要出門嗎？」

看我若又是夾腳拖體育褲，便說：

「你到底是做哪行的，

為什麼這時候還不用上班？」

我和我的家人都沒這麼互動頻繁，

和便利超商店員說的話也比家人多。

幾年前我住在木柵的小社區，
社區中心就是一家便利超商。

那時候還沒開始真正寫作，
很想寫卻什麼也寫不出來，常常夜半感到沮喪，
連續播放的電視也已經不能紓解我的不安，
覺得自己活著一點存在感也沒有，
連續好幾天也沒人可以說上一句話。

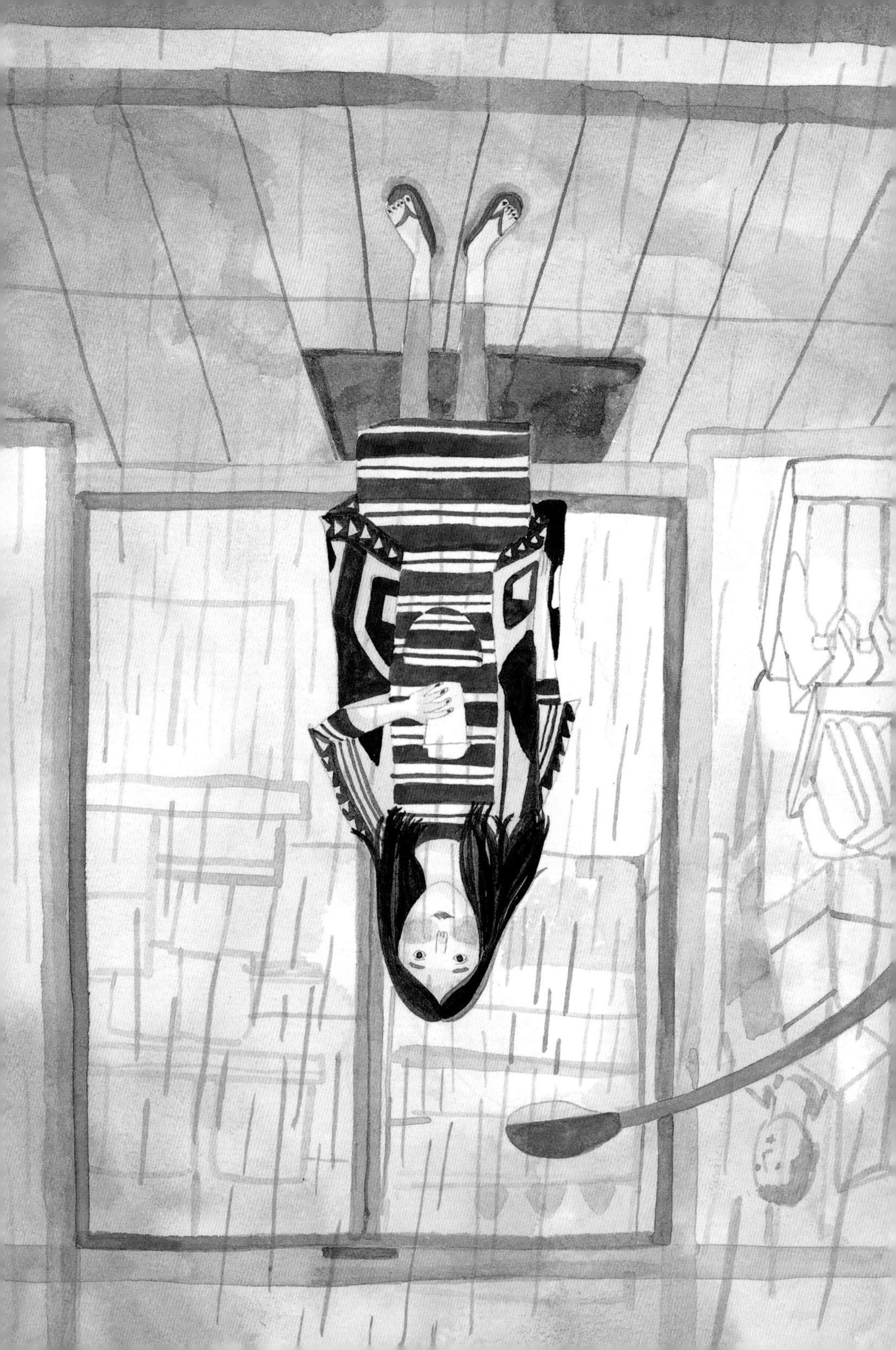

白天焦慮發作，

我會搭公車在都市裡閒晃，

夜晚發作的時候，
我在破舊棉衫外直接套上大衣，
走到便利超商買咖啡，站著翻看零食與面霜。

有時則只是站在超商門口看雨中的街燈。

值夜班的便利超商小弟因為常看見我，
有時候會請我吃賣不出去的茶葉蛋，
還會聊兩句。

高大而沉默的他，
臉上有痘痘的痕跡。

夜裡的超商誰都沒有，
只有孤單的店員和一個字也寫不出來的我。

他在櫃台後搬東西或玩手機，
我在前面的高腳椅看窗外的夜燈樹影發呆。

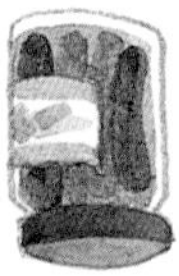

有一天我熬了粥，想配醬瓜吃，
立刻奔去社區的便利超商買醬瓜，一整路都在醞釀吃它的慾望。

到家後立刻扭玻璃瓶罐上的鐵蓋，
可怎樣都轉不開。

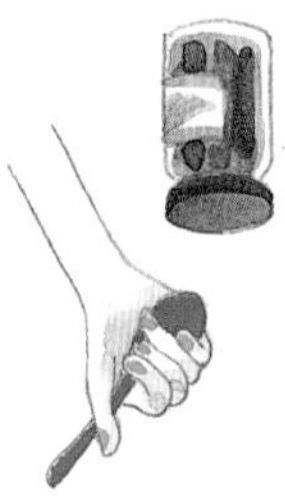

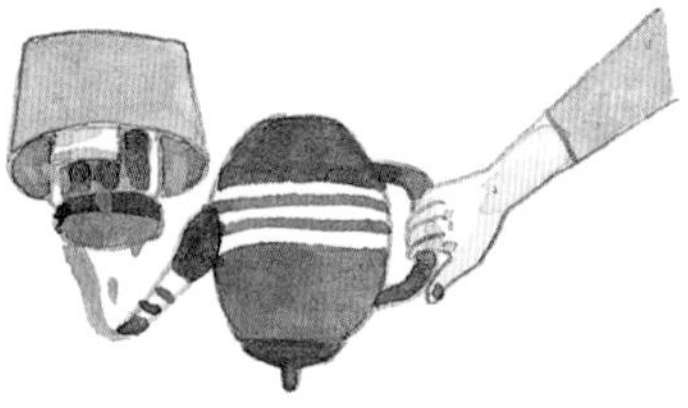

我怎麼會這麼沒力氣？

不耐變成憤怒，同時又好想吃，
我拿了條毛巾纏在手掌上，增加摩擦力，
用力再轉一次，
還是轉不開。

SALT

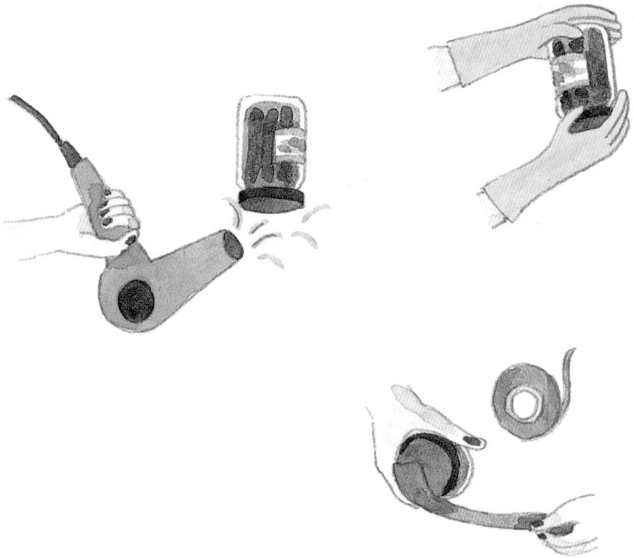

我想起人家教的，拿了根小湯匙，在蓋上敲敲打打，
聽說這樣可以敲打出空氣，比較好打開，
但敲了半天還是扭不開。
轉了很多次，用衣服用抹布等不同材質的布料包著開，
就是轉不開。

出了一身汗，稀飯都涼了。

我全身燥熱，為無法滿足的食慾感到挫折，
恨恨地罵了髒話，還是打不開，疲累想哭，癱在沙發上。

最後我認命地憤怒地把那瓶頑固的醬瓜
放在廚房流理台前的窗台上。

住在那邊的往後好幾年，我沒事想想就跑去用力轉那罐醬瓜的瓶蓋，
但從來都打不開。

我也曾沒出息地想過，
如果身邊有個人，不是這樣孤伶伶地生活，
那個人就可以幫我開醬瓜了。

我嘗試的頻率愈來愈少，但那罐醬瓜始終放在廚房，
我走過的時候，有時會看看它，像某種裝置藝術。

一陣子後我打算搬離那個市郊的小社區，
想搬回市中心的老家房子，我也必須回到社會去上班賺錢，
好養活我自己以及那本可能永遠也寫不出來的小說。

存款簿數字只有三位數，搬回家可以節省房租，
我也許該認清我沒有寫作的天分。

同時，我也想改變自己因長期缺乏與人互動而飽受折磨的身心。

我想回到那個我曾經想逃走的亂糟糟的都市，
那裡充滿著人類呼出的二氧化碳，燥，但起碼是熱的。

我想活下去，那是我當時的心情。

我向便利超商那小弟要紙箱。

他問我：「你要搬走了？」

我點頭說嗯。

他幫忙找了兩個紙箱，要我第二天晚點可以再去，也許還有其他紙箱。

「我以後見不到你了嗎？」

「我會回來看你的。」我突然充滿感情。

「好，你一定要回來看我。」

但是，我搬走後從來沒回去過。

比我晚搬離那社區的一對情侶朋友，有次告訴我，
他們到便利超商，那夜班小弟還問，
你們那個朋友還會回來嗎，她說要回來看我。

那對情侶把我痛罵了一頓，
要我做不到的就別承諾，不要欺騙別人的情感。

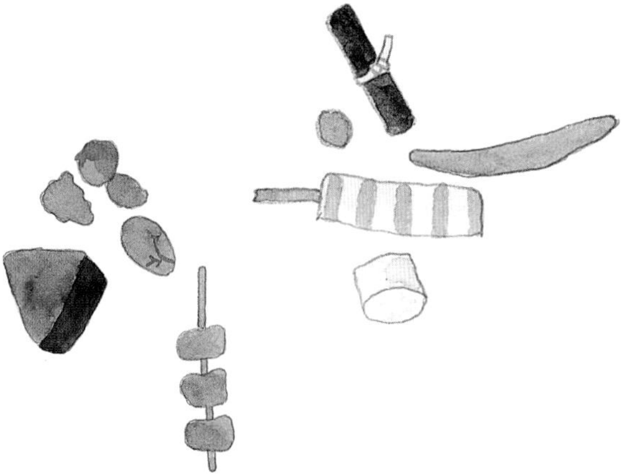

出自我自己也不明白的原因，
我把那瓶永遠打不開的醬瓜帶回老家，放在廚房的流理台上。

剛搬回家的那天，我試著再開一次那玻璃罐，還是沒有成功。
我打不開的罐子，除了那瓶醬瓜，後來還有一瓶浴鹽。

那瓶醬瓜於是又在我家廚房的流理台上，
站了六、七年，我也不知道為什麼自己就是不肯扔掉。

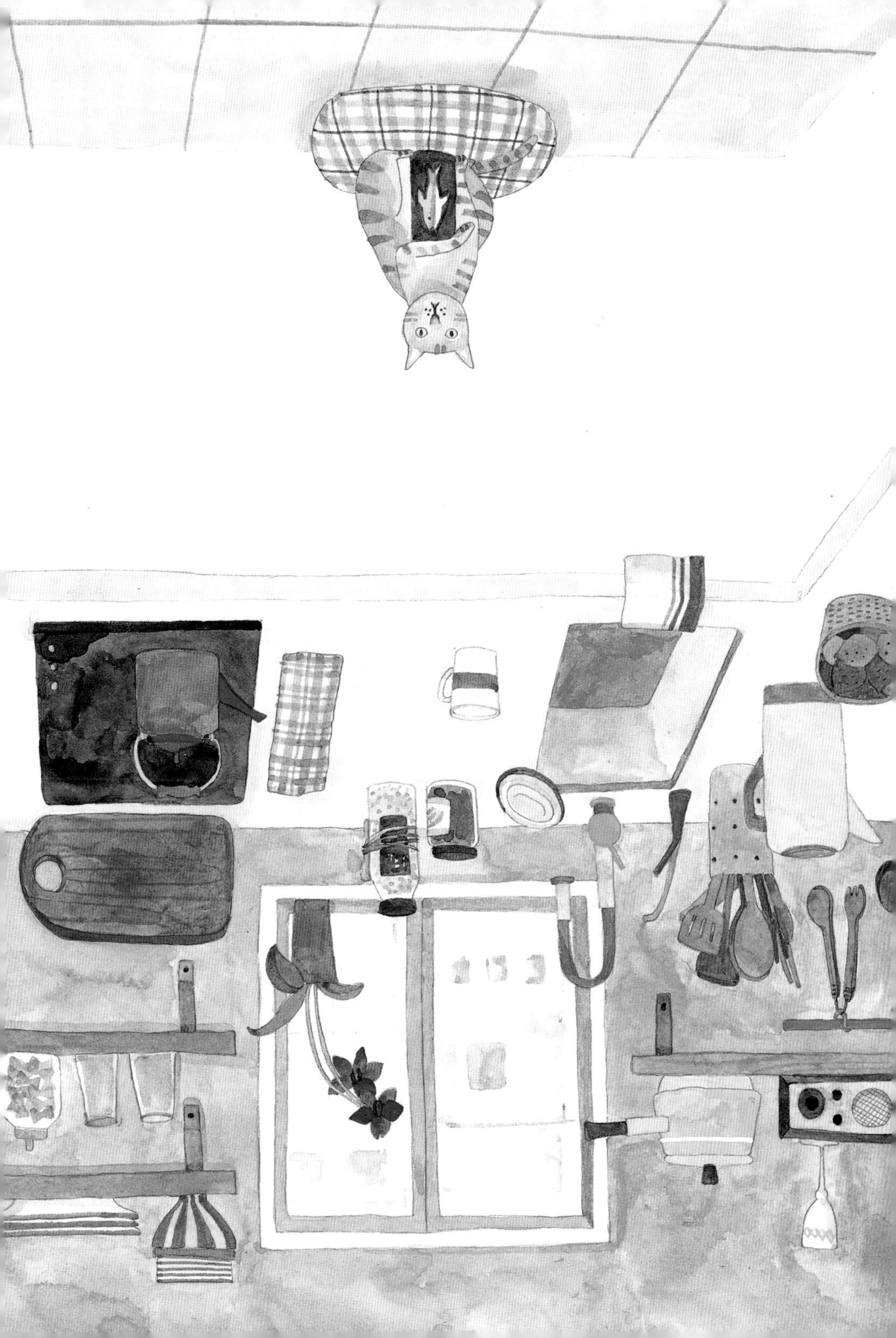

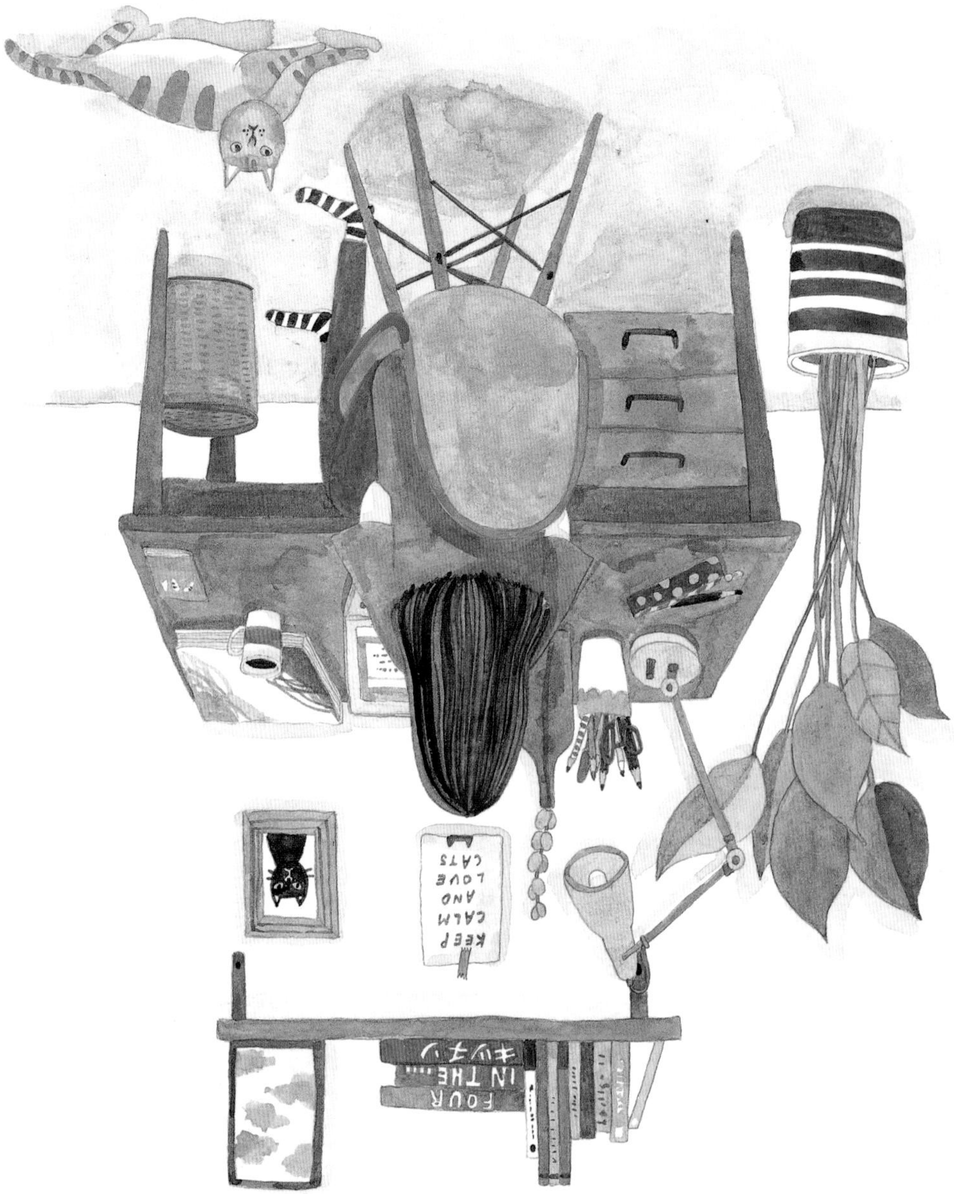
KEEP CALM AND LOVE CATS
FOUR
IN THE....
キッチン

這六、七年，我上班了，也寫出了我的小說，

幾年後，我又辭職了，

繼續寫小說，也常常寫不出小說。

我還是一個人生活，但可能沒那麼害怕了，
不管是怕這世界，怕自己真正的樣子，或者是怕一個人面對這世界的無力。

也許我不是全然的一個人，因為有時候我會想起多年前那夜半的小社區，
總在便利超商發呆的自己，以及那個高大沉默的夜班小弟。

某一次新書發表會後，

次日睡醒，我端著咖啡，盯著白色流理台上那瓶站了許多年的醬瓜，

突然一點情緒也沒有地把它扔進垃圾桶。

後記

1

我現在還是常常打不開罐頭，力氣不夠，掌握不到竅門，死命用湯匙敲打或隔著毛巾轉，還是打不開，十分令人心酸，明明想吃，臉紅脖子粗全身疼，近在眼前就是吃不到。現在的我會稍微克服羞赧，拿著可惡的玻璃罐下樓到便利超商對店員說：「我需要你的幫忙……」櫃台後的胖大叔連一句話也不回，伸手接去一轉就開，默默還給我。

2

寫小說常遇到過不去的時候，反反覆覆懷疑自己的時候很多，快要活不下去的時候也很多。好幾次快要撐不過去時，我打開落地窗，蹲在半夜的陽台，隔著欄杆癡癡望著對面樓下的便利超商。

整個城市是不是都睡了呢？

至少便利超商是醒的，還有我。

我心想，如果真不行了，就去那邊打工。

然後我會安心一點，在陽台上再蹲一下，覺得沒那麼絕望。

3

但今年景氣不好，對面樓下的便利超商不再是二十四小時全天候的了。有時候夜裡從陽台望出去，感到有點寂寞。

罐頭 / 李維菁、Soupy Tang 作 .
-- 初版 . -- 臺北市 : 時報文化 , 2017.10
72 面 ; 14.8×21 公分 . --（大人國叢書 ; 001）
ISBN 978-957-13-7160-3（精裝）
1. 繪本 2. 短篇故事
857.63　　106017021

大人國 叢書 001

罐頭

作者—李維菁、Soupy Tang ｜ 主編—Chienwei Wang ｜ 企劃編輯—Guo Pei-Ling ｜ 美術設計—張閔涵、楊文瑄 ｜ 董事長—趙政岷 ｜ 出版者—時報文化出版企業股份有限公司 /108019 台北市和平西路三段 240 號 3 樓 / 發行專線—(02)2306-6842 / 讀者服務專線—0800-231-705．(02)2304-7103 / 讀者服務傳真—(02)2304-6858/ 郵撥—19344724 / 時報文化出版公司 / 信箱—10899 臺北華江橋郵局第 99 信箱 / 時報悅讀網—http://www.readingtimes.com.tw ｜ 法律顧問—理律法律事務所 陳長文律師、李念祖律師 ｜ 印刷—勁達印刷有限公司 ｜ 初版一刷 2017 年 10 月 06 日｜ 初版四刷 2022 年 10 月 13 日 ｜ 定價—新台幣 330 元 ｜

時報文化出版公司成立於一九七五年，並於一九九九年股票上櫃公開發行，於二〇〇八年脫離中時集團非屬旺中，以「尊重智慧與創意的文化事業」為信念。

ISBN 978-957-13-7160-3
Printed in Taiwan